Liebe Leserinnen und Leser!
Es war einmal …

Ja, es war einmal selbstverständlich, dass man mit Märchen groß geworden ist. Die Eltern oder Großeltern setzten sich zu ihren Kindern oder Enkeln, und erzählten ihnen in der Küche, vor dem Kamin oder am Bett die Märchen von Prinzen und Prinzessinnen, Feen, Hexen, Kobolden oder einfachen Menschen, die sich im Märchen in etwas Besonderes verwandelten. Doch diese Art der Unterhaltung gibt es leider in der heutigen Zeit kaum noch. Der technische Fortschritt hat auch in der Freizeit der Kinder Einzug gehalten. Keine Zeit mehr für gemütliche Märchenstunden! Doch die Bewohnerinnen und Bewohner in unserm Seniorenheim sind noch mit Märchen groß geworden. Und das brachte uns auf die Idee, mit Hilfe eines selbstgeschriebenen Märchens die Kultur der Märchenerzählung wieder aufleben zu lassen. Dieses Märchen soll besonders den Senioren ein kleines Bisschen mehr Sicherheit und Halt geben, wenn sie neu in unsere Einrichtung kommen und sich natürlich noch sehr unsicher in ihrer neuen Umgehung fühlen. Selbstverständlich ist unsere Geschichte aber auch für Kinder, Jugendliche und Erwachsene sicherlich interessant, die sich zum ersten Mal mit dem Thema eines Einzuges von Mutter, Vater, Oma oder Opa befassen

Kastanienhof Elmlohe

müssen. Wir laden Sie herzlich ein, uns auf diesen -zugegebener Weise ungewöhnlichen Weg- zu begleiten und wünschen Ihnen viel Spaß beim Lesen. An dieser Stelle möchten wir uns ganz herzlich bei der Autorin, Annelie Buddenbohm bedanken, die unsere Idee eines Märchenbuches so einfühlsam umgesetzt hat. Und einen besonderen Dank geht auch an unseren langjährigen Freund, Tom Meyer zu Westerhausen, der die Gestaltung und den Druck des Buches übernommen hat. Natürlich freuen wir uns auch auf Rückmeldungen, Anregungen und Anmerkungen zu unserem Märchen. Schicken Sie uns gerne eine Nachricht.

Und nun viel Spaß beim Lesen wünschen Ihnen

- Gabriele und Jürgen Diekmann -

Lisbeths neue Heimat

Ein Märchen von Annelie Buddenbohm

mit Illustrationen von Nadja Ibener.

Impressum

Herausgeber:

Kastanienhof Elmlohe GmbH
Gabriele und Jürgen Diekmann

Gallbergstr. 1 • 27624 Elmlohe
Telefon: 0 47 04 / 94 99 0
Fax: 0 47 04 / 94 99 94
E-Mail: info@kastanienhof-elmlohe.de
Internet: www.kastanienhof-elmlohe.de

Projektidee & -leitung:	Tom Meyer zu Westerhausen Jürgen Diekmann
Autorin:	Annelie Buddenbohm
Illustrationen:	Nadja Ibener
Gestaltung / Design:	TOMs-Media-Store® powered by Buddenbohm-multimedia GmbH & Co. KG www.toms-media-store.de
Herstellung & Verlag:	BoD - Books on Demand, Norderstedt
ISBN:	9783738600391
Stand:	10/2014

Bibliografische Information der Deutschen Nationalbibliothek:
Die Deutsche Nationalbibliothek verzeichnet diese Publikation in der Deutschen Nationalbibliografie; detaillierte bibliografische Daten sind im Internet über http://dnb.dnb.de abrufbar.

Es war noch sehr früh am Morgen, als die achtzigjährige Lisbeth erwachte. Sie hatte geträumt, dass sie mit ihrem verstorbenen Mann Carl im Sonnenschein auf einer bunten Blumenwiese saß. Vor ihnen standen mit Leckereien gefüllte Picknickkörbe, und beide schauten zufrieden lächelnd auf ihre Kinder und Enkel, die sich auf der Wiese mit Ball- und Fangen spielen beschäftigten. Lisbeth hatte beim Aufwachen das Lachen ihrer Enkel noch im Ohr, sowie den Duft der Wiesen und bunten Blumen in der Nase. Noch etwas verwirrt von diesem für sie so realen Traum, schaute die alte Frau sich in ihrer neuen Umgebung um. Das helle und geräumige Zimmer - auch die eigenen Möbel - waren ihr schon etwas vertraut. Vorsichtig nahm sie das gerahmte Foto ihres Mannes von der Kommode, sah es liebevoll an und sprach: „Ich habe es hier gut im KASTANIENHOF, Carl! Mein Zimmer ist sehr gemütlich eingerichtet und wenn ich aus dem Fenster schaue, sehe ich die grünen Bäume und blühenden Sträucher im Garten. Dieses große Backsteingebäude und das naturnah gestaltete Umfeld wirken vertrauensvoll und anheimelnd. Hier gibt es sogar einen schönen, gemütlichen Wintergarten. Dieser kleine Ort ist ländlich geprägt von grünen Wiesen, kleinen Bauernhöfen, verschlungenen Feldwegen und auch das Wattenmeer ist nicht weit. Ich hoffe, dass unsere Kinder und Enkel Zeit finden, mir diese schöne Gegend einmal genauer zu zeigen. Die freundliche und herzliche Atmosphäre in diesem Haus tun mir sehr gut. Trotzdem fällt mir hier das Eingewöhnen ohne dich an meiner Seite nicht ganz leicht. Aber schau, mein Lieblingsmöbelstück habe ich sogar in diesem Raum aufstellen können", meinte Lisbeth stolz. Sie erhob sich aus dem Bett und setzte sich in ihren gemütlichen Ohrensessel ans Fenster. Carls Foto behielt sie weiter in ihrer Hand. Sie schaute auf den blühenden Park und sagte nachdenklich: „Es wird Frühling, Carl! Die Kastanien beginnen zu blühen, die Narzissen- und Tulpenbeete kann ich von meinem Fenster aus sehen. Die Bäume tragen schon alle ihr frisches, grünes Gewand. Du mochtest den Frühling mit all seinen immer wiederkehrenden Schöpfungswundern am liebsten". „Da lernt man jedes Jahr wieder das Staunen!", waren oft deine Worte.

Lisbeths Blick fiel auf das gerahmte Bild an der Wand, ihr Lieblingsgemälde! Es zeigte ein Feld mit knallroten Klatschmohn, weißen Margariten und leuchtend blauen Kornblumen. Gemeinsam mit ihrem Mann hatte sie es vor vielen Jahren gekauft.

Sie sah sich in ihrer Fantasie dort spazieren gehen und „versenkte" sich in dieses Bild!
Plötzlich spürte sie den „Sommer" auf ihrer Haut. Sie nahm den Wind wahr, der ihr Haar zerzauste und sie spürte die zarten Blüten, die ihre Beine berührten. Schnell bückte sie sich, um einen Strauß von diesen wunderschönen Feldblumen zu pflücken. Sie war allein und nahm diese sonderbare "Stille" deutlich wahr! Leise murmelte sie vor sich hin: „Ich sehe weder Schmetterlinge noch Bienen, und höre auch kein Vogelgezwitscher!" Wohin sie auch schaute, wuchsen Mohn-, Korn- und Margeritenblumen. Sie suchte nach einer Möglichkeit, dieses Blumenfeld, was sie noch vor wenigen Minuten in Begeisterung versetzt hatte, zu verlassen, sah aber weder Weg noch Steg. Ihre Freude wich der Verzweiflung.
Plötzlich fühlte Lisbeth eine leichte Berührung an ihrer Schulter. Als sie aufschaute, saß sie mit einem bunten Feldblumenstrauß in der Hand in ihrem Lieblingssessel am Fenster ihres neuen Zuhauses im Kastanienhof.
Ihr gegenüber standen zwei merkwürdige, fast durchsichtige Gestalten und lachten sie an. „Sie kann uns sehen!", rief der Kleinere von den beiden und versprühte einen Funkenregen vor Begeisterung um sich herum. „Mich nennt man Winzig!", sprach der Riese

mit dem regenbogenfarbigen Gewand zu ihr, der direkt vor ihr stand. „Und dieses ist mein Freund Zwinker." Er zeigte auf die winzige Gestalt neben sich. Lisbeth bedeckte ihre Augen mit den Händen, da sie durch das gleißende Licht, was von dem kleinen Wesen ausging, geblendet wurde: „Der Name WINZIG hört sich bei einem Riesen, wie du einer bist, sehr merkwürdig an! Und den Namen ZWINKER habe ich auch noch nie gehört!", lachte Lisbeth und blickte die beiden Wesen interessiert an. „Warum sollte ich euch nicht sehen, wenn ihr doch direkt vor mir steht? Seid ihr Engel? Die habe ich mir immer mit großen Flügeln und sowieso ganz anders vorgestellt! Träume ich? Oder bin ich schon gestorben?", gab die alte Frau ihre Gedanken weiter erstaunt zum Ausdruck.

„Engel können sich in verschiedenen Gestalten zeigen!", antwortete ihr das kleinere Wesen. „Mein Freund Winzig und ich sind ELMS und wir wurden mit vielen anderen Friedensboten vor vielen Jahren von unserem Heimatstern EHOLM auf dem SIEBENGESTIRN auf die Erde geschickt, um Menschen und Tieren zu helfen. Wir beiden Freunde haben uns für den Kastanienhof hier in ELMLOHE entschieden und versuchen, den älteren Menschen, die hier

leben, Freude zu bringen, die Traurigen zu trösten und den Verzweifelten beizustehen", sagte Zwinker. „WINZIG hat die wunderbare Gabe, Regenbögen an den Himmel zu zaubern, so oft wir sie benötigen!", berichtete Zwinker weiter. „ZWINKER hat die seltene Gabe, uns in Sekundenschnelle überall dort hin zu zwinkern, wo wir gebraucht werden. Wir spüren die Ängste und Sorgen der Menschen und waren auch bei dir im richtigen Moment zur Stelle, um dir zu helfen, das Blumenfeld auf dem Gemälde zu verlassen, ehe du in Panik gerietest!", ergänzte WINZIG und sprach weiter: „Mein Freund und ich sind sehr erstaunt, dass du uns sehen kannst! Du hast eine besondere Gabe für Übersinnliches! Außer dir kann uns nur noch der Leiter dieser Einrichtung sehen, den wir regelmäßig besuchen, und der uns manchmal um unseren Rat bittet. Warum uns nur so wenige Menschen sehen können, wissen wir nicht!" Lisbeth bemerkte das heftige Zwinkern von dem kleineren Wesen und plötzlich waren beide Gestalten verschwunden.
Die alte Frau schüttelte den Kopf und stellte, immer noch im Zweifel, ob nicht doch alles nur ein Traum war, ihre Blumen in die Vase. Danach nahm sie das Foto von ihrem Mann in die Hand und erzählte ihm alles, was sie soeben erlebt hatte.

Anschließend öffnete sie ihren Kleiderschrank, wählte ein sommerliches Kleid aus und nahm einen Hauch von ihrem geliebten Fendi Parfüm an diesem Kleidungsstück wahr. Lisbeth lächelte in der Erinnerung an diesen wunderschönen Tag in Göttingen, als ihre Kinder und ihr Mann ihr unbedingt zum Geburtstag ein Parfüm schenken wollten, dass auf ihre individuelle Person zugeschnitten sein sollte. Unendlich viele Parfümsorten wurden ausprobiert. „Wir dufteten anschließend wie ein ganzes Parfüm Geschäft", erinnerte sich Lisbeth und dachte: „Was war das für ein herrlicher Spaß! Ja, und zu guter Letzt haben wir uns für das Fendi Parfüm entschieden, was nach all den Jahren immer noch mein Lieblingsparfüm ist", murmelte sie und hielt ihre Nase noch einmal an das leichte Sommerkleid.

In diesem Moment klopfte es an ihrer Zimmertür und eine Mitarbeiterin des Hauses fragte freundlich: „Möchten Sie im Zimmer frühstücken oder mit den anderen Bewohnern im Frühstücksraum?" „Ich komme gerne mit Ihnen in das Frühstückszimmer", antwortete Lisbeth und trat auf den Flur. „Ziege!", hörte sie in diesem Moment jemand zu ihr sagen, und noch einmal: „Ziege!" Sie sah eine gebückt gehende Frau, den Rollator langsam vor sich herschiebend, an ihr vorüber gehen. Verdutzt blieb Lisbeth stehen und sah ihr nach. „Das sagt Luise zu allen Neuankömmlingen! Ärgern sie sich nicht darüber", meinte achselzuckend Lisbeths Zimmernachbarin, nahm ihre Hand und ging mit Lisbeth zielstrebig dem Frühstücksraum zu. Währenddessen fragte sie: „Sie haben sich heute besonders hübsch angezogen. Erwarten Sie Besuch? Mm. Und wie gut Sie duften!",schwärmte die Zimmernachbarin weiter. „Ja, meine drei Enkelkinder wollen mich heute Mittag besuchen. Ich freue mich sehr darauf!", antwortete die Angesprochene.

Im Frühstücksraum angekommen, winkten ihnen mehrere Bewohner des Hauses schon von weitem zu und luden sie ein, sich zu ihnen zu setzen. „Heute kommt der Friseur zu uns ins Haus. Ich habe mich schon zum Haare schneiden angemeldet", meinte Gustav und strich sachte über seine Halbglatze. „Ja, ja, früher waren dort mehr Haare!", meinte er und schaute lächelnd in die Runde. „Das Geld für den Friseur hatten meine Eltern aber nie übrig. Meine Mutter schnitt mir regelmäßig die Haare und ich bekam, wie es bei den meisten Kindern in dieser Zeit üblich war, einen sogenannten POTTSCHNITT."[1] Alle, die an dem Tisch saßen, lachten. Jeder hatte seine eigenen Erinnerungen! „Ich bin dankbar, dass es uns in unserem Alter noch so gut geht", sagte Erna nachdenklich. Ich drehe in meinem Zimmer die Heizung auf und es wird warm. Aus dem Wasserhahn und der Dusche kann ich sofort warmes Wasser bekommen. Das genieße ich jeden Tag aufs Neue! Auch kann ich mich noch gut an das Prasseln von unserem Holzofen erinnern. Bevor wir morgens in die Schule gingen, stand meine Mutter auf, um den Kohleofen anzuheizen mit einem sogenannten FIDIBUS[2],ein dick gefaltetes Stück Zeitungspapier. Danach legte sie Kleinholz darauf und anschließend Kohlen, die mit einem Kohlenträger aus dem Keller herauf geschleppt werden mussten. Das Feuer wurde den ganzen Tag über mit Holz und Kohlen versorgt, denn auch das Essen musste auf diesem Herd gekocht werden."

Alle Bewohner, die am Tisch saßen, nickten.

Friedel lachte und ergänzte: „Einmal in der Woche wurde, meistens am Samstag, in der großen Zinkwanne in der Küche gebadet! Ein Badezimmer hatten damals nur sehr wenige Menschen."

„Meine Mutter hatte schon eine Nähmaschine und nähte alle Kleidungsstücke für uns Kinder selbst. Wir fühlten uns daher immer schick angezogen", erinnerte sich Lisbeth. „Mein Vater trug seinen schwarzen Anzug mindestens zehn Jahre. Das Kleidungsstück wurde regelmäßig mit schwarzen Kaffee gesäubert und als der Anzugsstoff total blank war, wendete der Schneider in unserer Nachbarschaft einfach den Anzug und nähte ihn wieder richtig zusammen. Er sah dann fast wie neu aus!", berichtete Heinrich. „Meine Oma und auch meine Mutter strickten uns aus abgeribbelter Wolle Strümpfe, Mützen, Schals und auch Pullover und Jacken! Manche Pullover oder Strümpfe kratzten allerdings fürchterlich auf der Haut", besonders nach dem Samstagabendbad", ergänzte Ruth ihre nostalgischen Erinnerungen. „Könnt ihr euch noch an die Wäscheberge erinnern, die alle 4 Wochen in der Waschküche aufgetürmt lagen? Waschmaschinen gab es in fast keinem Haushalt. Unter dem Waschkessel wurde ein Feuer entfacht, der große Zuber[3] mit Wasser und Wäsche gefüllt und dort mit dem Waschbrett so lange bearbeitet, bis alles sauber war und die Hände rot und rissig!", meldete sich Gudrun zu Wort. Die kleine Tischgemeinschaft bestätigte es mit einem Kopfnicken. „Wir konnten uns lange Zeit keine Lederschuhe leisten. Sie waren uns einfach zu teuer! Daher liefen wir im Sommer meistens Barfuß und im Winter trugen wir Holzschuhe", erinnerte sich Otto. „Ja und die füllten wir im Winter mit Stroh oder Zeitungspapier, damit wir keine kalten Füße bekamen", sprach der 92-jährige Ernst. „Ich war oft neidisch auf die HOLZSCHUHKINDER!", antwortete Lisbeth darauf und freute sich über die erstaunten Gesichter ihrer Tischnachbarn. „Ich fand es faszinierend, wenn meine Schulfreunde mit ihren Holzschuhen durch den Schnee stapften. Sie schienen Schritt für Schritt zu wachsen! Der feuchte Schnee setzte sich unter die Holzschuhe und es sah dann so aus, als ob sie alle auf Stelzen liefen. Ich war glücklich, wenn eine meiner Freundinnen bereit war, mit mir die Schuhe zu tauschen!" Die Bewohner des Kastanienhofes verweilten noch eine Weile in Erinnerungen, bis Sophie ausrief: „Wer kommt mit in den Wintergarten, um dort „Mensch ärgere dich nicht" mit mir zu spielen?"

Gustav, Friedel und Erna stimmten freudig diesem Vorschlag zu. Lisbeth meinte: „Ich möchte mich bei diesem herrlichen Frühlingswetter noch ein wenig im Garten umsehen und die beiden niedlichen Zwerghasen Cop und Copper besuchen! Mit den beiden Ziegenböcken Max und Moritz habe ich schon Freund-

schaft geschlossen und die süße Katze Bine schleicht sich neuerdings heimlich in mein Zimmer, setzt sich in meinen Lieblingssessel und schnurrt behaglich wie ein Moped! Bine hat mir übrigens erzählt, dass der Heimleiter sie vor dem Ertrinken gerettet hat! Sie war einfach in einen Sack gesteckt worden und in den tiefen Bach geworfen worden! Es sollte wohl so sein, dass gerade in diesem Moment Herr Diekmann dort vorüber kam und das Katzenjammern hörte!"
Lisbeths neue Freunde schauten diese erstaunt an und Friedel meinte: „Hört! Hört! Lisbeth kann die Sprache der Tiere verstehen!", und alle Umstehenden lachten. Für Lisbeth war diese Gabe selbstverständlich geworden, da sie damit aufgewachsen war. Sie ließ sich daher nicht beirren und sprach weiter: „Tiere im Altenheim zu halten, sie sogar selbst versorgen zu dürfen, gibt es, soweit ich weiß, nur in wenigen Häusern. Es ist also nicht selbstverständlich! Meine Enkelkinder überlegen, ob sie mir Wellensittiche oder einen Kanarienvogel zur Gesellschaft schenken sollen!", lachte sie. „Hast du denn schon einen Blick in den Hühnerstall geworfen? Ingeborg und ich füttern die Hühner regelmäßig, helfen beim Stall säubern und sammeln jeden Tag die frisch gelegten Hühnereier ein!", meinte Erna stolz.

Friedel sagte daraufhin: „Mir gefällt die Hündin Fine, auf dem Kastanienhof am besten. Sie war, als ich vor einigen Jahren hier her zog, die Erste, die spontan Kontakt mit mir aufnahm! Fine ist meine beste Freundin geworden!" „Wer kennt nicht die Hündin Fine?", meinte Lisbeth lachend und sprach weiter: „Sie holt sich von uns allen ihre Streicheleinheiten!" Lisbeth dachte bei sich: „Auch Fine hat mir ihre Hundegeschichte erzählt: Ihre früheren Besitzer haben sie einfach ausgesetzt und er ist halb verhungert hier im Kastanienhof aufgetaucht, wo die Ehefrau vom Heimleiter sie wieder aufgepäppelt hat." Laut sagte sie: „Fine lässt sich gerne von uns allen mit Naschwerk verwöhnen." Lisbeths Zimmernachbarin Ilse meinte: „Mir gefallen die Minischweine am besten! Ich finde sie einfach süß. Daher besuche ich sie jeden Tag und helfe oft beim Füttern."
Sie sprang plötzlich auf und rief nervös: „Mir fällt soeben ein, dass ich versprochen habe, heute beim Bauern aus dem Dorf Milch zu holen. Morgen helfe ich in der Küche, einen Kuchen für Helmuts 90. Geburtstag zu backen!", meinte sie stolz. „Möchtest du mich begleiten, Lisbeth?", fragte sie. Diese stimmte begeistert zu. Beide Frauen holten sich eine Milchkanne aus dem Abstellraum, sagten dem Heimleiter

und auch den Mitarbeiterinnen in der Küche Bescheid, dass sie Milch holen würden und gingen, zufrieden mit sich selbst, in den kleinen Ort.

Unterwegs sagte Ilse: „Für mich ist der Kastanienhof ein richtiges Zuhause geworden. Wir leben mit achtundzwanzig älteren Menschen und ebenso vielen Mitarbeiterinnen, und dem Heimleiterehepaar wie eine große Familie zusammen. Es gibt viele, verschiedene Angebote wie: Tiere mit zu versorgen, beim Essen kochen oder Kuchen backen zu helfen, einkaufen zu gehen und gemeinsame Fahrten oder Ausflüge in die nähere oder weitere Umgebung zu machen. Es gibt außerdem Bastelangebote, Musikabende, Spielnachmittage, Erzähl- oder Märchenstunden und vieles mehr!"

„Besser konnte ich nicht informiert werden über die Aktivitäten unseres neuen Zuhauses!", antwortete Lisbeth lachend. „Ich komme von einem großen Bauernhof und habe viele Jahre schwer arbeiten müssen! So gut wie auf dem Kastanienhof habe ich es in meinem ganzen Leben noch nicht gehabt. Ich hoffe, dass Gott mir noch einige Jahre schenkt, und ich dieses Leben hier lange genießen kann", vertraute Ilse der neuen Bewohnerin an. „Lass uns ein wenig auf dieser Bank im Schatten ausruhen. Ich hätte meinen Rollator mitnehmen sollen. Heute kommt mir dieser Weg zum

Bauernhof sehr lang vor", sprach Ilse weiter und setzte sich erschöpft auf die Bank am Wegesrand. Lisbeth tat es ihr nach, schaute sich um und bewunderte die interessante Landschaft.

„Ich gehe jetzt nach Hause!", murmelte die eben noch so lebhaft erzählende Ilse plötzlich neben ihr, stand auf und ging den verschlungenen Feldweg entlang.

Lisbeth verstand den plötzlichen Sinneswandel ihrer Begleiterin nicht, beobachtete aber eine deutliche Veränderung bei dieser. Das Gesicht wirkte nicht mehr so aufgeschlossen und offen. Sie schaute nicht nach links und rechts, sondern ging weiter in schnellen, kleinen Schritten auf dem Feldweg voran. „Was ist los mit dir, Ilse? Du gehst den falschen Weg. Wir wollen doch noch Milch beim Bauern holen. Komm zurück, Ilse!", rief Lisbeth ihr hilflos nach, aber Ilses Schritte wurden nur noch schneller.

Plötzlich standen die beiden Elms vor Lisbeth. ZWINKER sagte tröstend: „Sorge dich nicht, Lisbeth. Ich zwinkere Ilse zum Kastanienhof zurück, ohne dass sie es merkt. Diese Gedächtnisausfälle kommen bei ihr ganz plötzlich, aber vergehen auch genauso schnell wieder. Sie kann sich anschließend an nichts mehr erinnern. WINZIG begleitet dich zum Milchbauern! Deswegen seid ihr ja hergekommen!"

ZWINKER und Ilse waren für Lisbeths Augen verschwunden und sie nahm gerne WINZIGS Hilfe an, mit ihm gemeinsam vom Bauern Milch zu holen. Sie nutzte außerdem den gemeinsamen Rückweg aus, um diesem Wesen viele Fragen zu stellen.

Wieder im Kastanienhof angekommen, lieferte sie die Milch in der Küche ab und beschloss, noch die Tiere zu besuchen, um dort in Ruhe über die Ereignisse dieses Vormittages nachdenken zu können. Die Hündin Fine begleitete sie. Plötzlich hörte sie die hellen, fröhlichen Stimmen ihrer drei Enkelkinder: „Omi, wir suchen dich schon überall!", rief ihre hübsche Enkeltochter Lena Lisbeth zu und umarmte sie liebevoll. Die beiden Enkelsöhne umarmten ihre Omi ebenfalls, nahmen sie in ihre Mitte und gingen gemeinsam zum Auto.

„Steig ein, Omi! Wir machen eine Spritztour zum Wattenmeer hinaus. Dort warst du bestimmt noch nicht!", meinte Heiner und hielt ihr galant die Autotür auf. Er setzte sich an das Lenkrad und brauste, nachdem er sich vergewissert hatte, dass auch seine Geschwister im Auto Platz genommen hatten, los. „Heute finden die jährlichen, in Stadt und Land bekannten ELMLOHER REITERTAGE statt. Hast du Lust, mit uns gemeinsam dort zuzuschauen?", fragte Heiner seine Oma. „Bitte, bitte, liebe Omi!", hörte diese Lena ausrufen. „Sie hat uns mit diesem Vorschlag schon auf der gesamten Fahrt hierher genervt!", meinte Jona. „Mir ist heute alles recht!", antwortete Lisbeth. „Ich finde es wunderbar, von euch zu einer so lustigen Spritztour eingeladen zu werden", lachte sie.

Großmutter und Enkel fuhren durch die kleine Ortschaft, kamen an Felder und Wiesen vorüber, sahen einen neu gebauten Kinderspielplatz von Weitem und Lisbeth meinte: „Solche bunten Klettergerüste gab es noch nicht zu unserer Zeit! Wir turnten an den Weidengattern[4], kletterten hoch bis in die Gipfel der Bäume und zum Schaukeln banden wir dicke Kuhstricke an den hohen Ästen eines Baumes. Wir bauten uns im Wald Buden aus Ästen, spielten „Räuber und Gendarm"(5) oder „Indianer." Heiner antwortete: „Ich erinnere mich gerne an die Ferien bei euch, Omi! Opa baute mit mir im Wald oder im Garten Weidentippis[6], schnitzte mir Schwerter, Flitzebogen und Pfeile." „Und am Bach bauten wir gemeinsam Staudämme", meldete Jona sich zu Wort. „Was hast du mit deinen Freundinnen noch gespielt, als du klein warst, Omi?", fragte Lena. Lisbeth antwortete: „Wir spielten auf dem Feldweg, auf dem nur selten Autos fuhren, Hinkebock[7], Länderklauen[8], Schlagball, mit Murmeln[9] und besonderen Spaß machte uns Mädchen, aber auch den

Jungen, das Tumbandlaufen[10] und noch viele andere Spiele. Gerne trafen wir Mädchen und Jungen uns abends in der Dämmerung am Waldrand und spielten dort Verstecken. Es war uns dort allerdings immer etwas unheimlich zumute! Außerdem waren wir oft in einer Bauernhofscheune zu finden. Dort hing eine alte Zinkwanne an der Wand. Wir Mädchen stellten uns der Reihe nach hinter diese Zinkwanne und trällerten ein Lied und imitierten Sängerinnen. Die Zinkwanne hatte eine Funktion, wie ein Lautsprecher!" Alle Enkelkinder lachten und ermunterten ihre Oma, noch mehr von ihrer Kindheit zu erzählen.

Lisbeth ließ sich nicht lange bitten und erzählte:
„Manchmal kam im Sommer der Eiswagen, gezogen von einem Radfahrer, in unser Dorf.
Wir Kinder liefen dann sofort zu unseren Eltern und bettelten um etwas Geld für ein Eis. Ich bekam meistens nur 5 Pfennig geschenkt und der Eismann tat mir das gewünschte Eis auf die bloße Hand. Für eine Waffel reichte das Geld nicht aus. Ihr könnt euch vorstellen, dass ich das kalte Eis eilig von der Hand ableckte". „Igittigitt!", rief Lena lachend aus und Jona fragte: „Habt ihr früher auch mal Streiche gemacht?" Oh, ja!", rief Lisbeth aus. „Mäuseklingeln"[11] war lange Zeit unser abendliches Lieblingsspiel! Aber nach-

dem ich eines Abends von unserem Nachbarn, der mich nach dem „Mäuseklingeln" bei ihm hinter einem dicken Baum erwischte, wo ich mich versteckt hielt, zwei kräftige Ohrfeigen bekam, war meine Begeisterung für diesen Streich doch sehr abgeklungen." Die Enkel lachten. Heiner fragte: „Hattet ihr schon einen Fernsehapparat und ein Radio?" „Nein! Meine Eltern konnten sich erst sehr spät einen Fernsehapparat leisten. Sie kauften auf das Drängen von meinen Geschwistern und mir schließlich ein „gebrauchtes Gerät, was preiswerter war." Auch einen „Volksempfänger", so hießen die ersten kleinen Radios, leisteten sich meine Eltern erst sehr spät. Für diese „Kinkerlitzchen", wie mein Vater immer sagte, war kein Geld da. Trotzdem hatte ich die Möglichkeit, manchmal Radio zu hören. Mein rothaariger Schulfreund Manfred wohnte auf dem gleichen Flur wie wir in dem kleinen Mietshaus. Es waren Flüchtlinge und sie lebten wegen der allgemeinen Wohnungsnot mit vier Personen in unserem ehemaligen Kinderzimmer. Diese Familie hatte ein Radio und ich durfte jeden Sonntagmittag zu ihnen kommen und eine halbe Stunde mit meinem Schulfreund gemeinsam „Kinderfunk" hören. Darauf freute ich mich natürlich schon die ganze Woche!", antwortete Lisbeth. „Kein Computer? Kein Handy, Telefon wahrscheinlich auch nicht? Nicht mal einen Fernsehapparat oder ein Radio? Was habt ihr denn den ganzen Tag gemacht?", fragte Jona und schaute seine Oma mitleidig an. „Meine Großeltern, Eltern und wir Kinder spielten alle ein Musikinstrument und am Wochenende machten wir oft "Hausmusik!" Außerdem war es in unserer Familie Tradition, dass wir uns sonntags mit Verwandten trafen, einen gemeinsamen Spaziergang durch den Wald oder die Felder machten und anschließend, meistens bei meinen Eltern oder meinen Großeltern, selbst gebackenen Kuchen aßen. Danach unterhielten sich die Erwachsenen über alle möglichen Geschehnisse des Alltags und wir Kinder machten Gesellschaftsspiele. Lasen uns gegenseitig Märchen oder Gruselgeschichten vor oder musizierten!", antwortete Lisbeth lächelnd auf Jonas Frage. „Was für Gesellschaftsspiele spieltet ihr denn?, fragte Lena interessiert: „Mensch ärgere dich nicht, Schlapp hat den Hut verloren[12], Flaschen drehen, Sachen suchen, Ringlein du musst wandern[13], Verkleidungsraten, Scharade[14], Märchen oder Liederraten, u.v.m.", erinnerte sich die alte Frau. Die Autofahrt und auch der Elmloher Reitertag vergingen für Lisbeth viel zu schnell. Nach einem ereignisreichen Tag kamen sie alle wieder am Kastanienhof an. Können wir noch eine Weile mit in dein Zimmer kommen, Omi?", bat Lena. „Ich schaue mir bei dir immer so gerne die Fotos von den Großeltern und Urgroßeltern an!" „Gern!", freute sich Lisbeth und suchte das gewünschte Fotoalbum heraus. „Wie lange war mein Urgroßvater Organist in der Kirche?", fragte Heiner und schaute sich das Foto, wo Lisbeths Vater an der Orgel saß, intensiv an. „Fünfundfünfzig Jahre!", antwortete Lisbeth und erinnerte sich: „Die Orgel brachte in den ersten Jahren, nachdem sie in der Kirche stand, nur Töne heraus, wenn der Blasebalg[15], der hinter der Orgel angebracht war, von mindestens zwei Personen kräftig und regelmäßig getreten wurde. Sonntags war das die Aufgabe von Konfirmanden. Als meine beiden älteren Brüder einmal an der Reihe waren, alberten sie hinter der Orgel herum und vergaßen das Blasebalg treten, sodass sich die Orgel an diesem Sonntag wie ein „Leierkasten" anhörte. Die Gemeinde schmunzelte, aber mittags bekamen meine Brüder ein „heiliges Donnerwetter" zu hören!"

Lena rief plötzlich begeistert aus: „Omi, du trägst auf diesem Foto ein wunderschönes Kleid. Diese Mode habe ich bisher nur in alten Filmen oder im Theater gesehen!"

„Das war die Petticoatmode!"[16], antwortete die Angesprochene. „Auch stabile Hornreifen[17] wurden in dieser Modephase in den Kleidersaum oder Petticoat mit eingenäht, damit sie weit ab standen. Wir trugen sie beim Tanztee und bei Festlichkeiten", erklärte sie weiter. Jona kicherte und zeigte auf ein weiteres Foto, was ihn sehr belustigte: „Wer ist denn dieses Mädchen mit dem großen Haarturm auf dem Kopf?" „Das bin ich mit ungefähr fünfzehn Jahren! Da war das Toupieren[18] der Haare sehr modern und ich hatte mir vorgenommen, sämtliche Modeerscheinungen mit zu machen!", lachte Lisbeth, und ihre Enkel stimmten in ihr Lachen mit ein. „Ich würde auch gern meine Haare so frisieren und solch ein schönes Tanzkleid besitzen!", seufzte Lena und schaute noch einmal sehnsüchtig auf das Foto. Lisbeth meinte tröstend: „Vieles wiederholt sich im Leben, Lena. Bestimmt wird auch dieser Trend irgendwann wieder aktuell!" „Nun wird es aber höchste Zeit für die Rückreise!", sagte Heiner. Die Enkel standen auf, verabschiedeten sich mit einer herzlichen Umarmung von ihrer Großmutter und versicherten ihr, sie in der darauffolgenden Woche wieder zu besuchen.

Am nächsten Morgen setzte sich Lisbeth wieder beim Frühstück an den gleichen Tisch wie am vorigen Tag. Sie sah, dass es auch Ilse wieder gut ging. Diese rief ihr zu: „Heute ist Arztvisite! Der Arzt kommt einmal im Monat in dieses Haus und nimmt sich richtig viel Zeit für uns!" „Dann will ich mich heute mit dem Frühstück beeilen, damit ich noch Zeit habe, vorher mein Zimmer aufzuräumen", meinte Lisbeth und erhob sich, nachdem sie fertig gefrühstückt hatte. Auf dem Weg zu ihrem Zimmer kam sie am „Lehrerzimmer" wie alle sagten, vorüber. Die Tür stand offen und die alte Frau sah, wie der 91-jährige, bettlägerige Mann sich vom Bett aus bemühte, herunter gefallene Fotos von der Erde aufzuheben.
„Warten Sie! Ich helfe Ihnen!", rief Lisbeth ihm zu und reichte ihm die herunter gefallenen Bilder. „Das ist meine liebe Helga! Und daneben stehe ich! Dieses Bild wurde auf unserer Hochzeit aufgenommen!", sagte Bernd, so hieß der ehemalige Lehrer, und schaute die Frau neben sich traurig an. „Sie sind ein schönes Paar!", antwortete die Angesprochene. „Wir waren fünfzig Jahre verheiratet, als meine Helga starb!", sagte Bernd wehmütig. „Sie waren Lehrer, erzählten mir meine Tischnachbarn heute. In welcher Schule haben sie unterrichtet?", fragte Lisbeth, um ihn von seinen

trüben Gedanken abzulenken. „Ich habe in einer alten Dorfschule im Norden Niedersachsens acht verschiedene Jahrgänge in einem Klassenraum unterrichtet", begann der Lehrer Bernd seine Erinnerungen in Worte zu fassen. „Sie wissen ja, das war in dieser Zeit so üblich! Es gab im Gegensatz zu heute noch keine Transportmöglichkeit mit dem Auto oder Schulbus für Kinder mit einem weiten Schulweg. Die Schüler kamen „auf Schusters Rappen"[19], also zu Fuß, zu uns. Alle Schulfächer, die es damals gab, habe ich unterrichtet und nachmittags sogar noch den Sportunterricht gemacht. Unter den damaligen Voraussetzungen war nur „Frontalunterricht"[20] möglich. Ich gründete sogar einen Schulchor und einmal im Jahr führten meine Schüler in einer Gaststätte auf der Bühne für die Eltern und Gäste ein selbst erdachtes Theaterstück auf", erzählte er stolz weiter. „Es gab auch noch keine Schulhefte und Stifte! Jedes Kind hatte eine Schiefertafel mit einem Griffel[21] zum Schreiben", ergänzte der 91-jährige Mann lachend. „Wenn ich daran denke, höre ich noch immer das Quietschen des Griffels auf meiner Tafel!", rief Lisbeth aus. „Nach jeder Schulpause mussten wir Schüler uns vor der großen Schultür der Größe nach aufstellen, was mich sehr ärgerte, da ich die kleinste Schülerin war und jedes Mal von den anderen weg geschubst wurde, wenn ich mich in eine der ersten Reihen drängte! Auch trugen wir Mädchen Schürzen über unsere Kleider, um sie zu schonen. Alle Mädchen in meiner Klasse trugen Zöpfe und häufig geflochtene Hochsteckfrisuren und nicht, wie heute üblich: „Bubiköpfe"[22]. Ich erinnere mich, dass unser Lehrer unaufmerksame Schüler mit Kreide bewarf und die Jungen manchmal eine „Kopfnuss"[23] bekamen, wenn sie den Unterricht störten. Wenn wir Mädchen nicht aufhören konnten im Unterricht zu kichern, wurden wir vor die Tür oder ins Rektorzimmer geschickt", berichtete Lisbeth dem aufmerksam zuhörenden Lehrer Bernd. Beide erzählten sie sich noch eine Weile Geschichten von früher. So nannten sie gemeinsam viele Beispiele aus ihrer Vergangenheit und erkannten eine Menge Gegensätze zur heutigen Zeit. „Manches gefällt mir in der heutigen Zeit besser und ist auch bequemer für die Menschen und deren Berufe geworden", meinte Bernd abschließend und ließ sich dabei erschöpft von dem ungewohnt langen Gespräch in die Kissen zurück gleiten. Lisbeth verabschiedete sich daher eilig und versprach, ihn bald wieder zu besuchen. Als sie sich noch einmal nach dem Lehrer umschaute, sah sie WINZIG und ZWINKER an seinem Bett sitzen und wusste, dass ihr neuer Bekannter gut behütet wurde.

In ihrem Zimmer angekommen, brauchte sie nur wenige Handgriffe, um ihre privaten Sachen wegzuräumen. Ihr Bett war von einer Mitarbeiterin des Hauses gemacht worden, die auch die schmutzige Wäsche mitgenommen hatte, und das Zimmer war gut durchgelüftet. „Wie gut ich es doch hier habe!", dachte Lisbeth wieder einmal. „Ich kann mich jeden Tag an einen gedeckten Tisch setzen, bekomme Gutes zu essen, manchmal sogar eine meiner Lieblingsspeisen. Alle Mitarbeiter im Kastanienhof sind hilfsbereit und freundlich. Darüber hinaus nimmt sich das Ehepaar Diekmann Zeit für unsere Kümmernisse, und versucht zu trösten und zu helfen. Heute Abend gehe ich mit „Gleichgesinnten" in den großen Gemeinschaftsraum und nehme an einem Vortrag und einer Lesung von dem Märchendichter Hans Christian Andersen teil. Ich freue mich schon sehr darauf. Und am Wochenende kommt eine Musikgruppe und spielt alte Volksweisen", teilte sie teils in Gedanken und teils vor sich hinmurmelnd, ihrem Carl auf dem Foto mit. Lisbeth setzte sich in ihren Lieblingssessel, nahm die Katze, die es sich dort schon wieder bequem gemacht hatte, auf den Schoß und streichelte gedankenverloren ihr samtweiches Fell. Im Park sah sie Fine herumstrolchen und nahm sich vor, gleich nach ihrem kurzen „Nickerchen" die Tiere zu besuchen.

Zufrieden lehnte sich Lisbeth in ihren gemütlichen Ohrensessel zurück und ließ auch das an diesem Tag Erlebte gedanklich an sich vorüber ziehen: „Wie schön ist es doch, dass ich mich in dieser kurzen Zeit, die ich im Kastanienhof lebe, schon so geborgen und zu Hause fühle. Jeder neue Tag ist ein Geschenk für mich!"
Als Lisbeth aufschaute, bemerkte sie ZWINKER und WINZIG, die ihr liebevoll und lächelnd zublinzelten.

Lexikon der „Vergessenen Begriffe"

1. **Pottschnitt:** Haarschnitt, wobei ein Topf auf den Kopf gesetzt wurde, um die Haare rundherum gleichmäßig abzuschneiden.
2. **Fidibus:** ein fest gefaltetes Stück Papier (meist Zeitungspapier), um damit Feuer anzuzünden.
3. **Zuber:** Wasserbehälter aus Holz, worin Wäsche eingeweicht und gewaschen wurde.
4. **Weidengatter:** Eingangstor zur Weidengattern
5. **Räuber & Gendarm:** Versteck- und Fangenspiel
6. **Weidentippie:** Junge Weidentriebe, die zeltartig verflochten und zusammen gebunden wurden
7. **Hinkebock:** Geschicklichkeitsspiel (auf einem Bein hüpfend einen kleinen Stein in verschieden grosse, aufgemalte Kästchen zu balancieren).
8. **Länder klauen:** Geschicklichkeitsspiel mit mehreren Parteien, die sich gegenseitig mit Hilfe eines Stöckchens die vorher aufgezeichneten Länder stehlen.
9. **Murmeln:** Historisches Kinderspiel: Spiel mit farbigen Glas- oder Tonkugeln, die in eine Bodenvertiefung rollen müssen
10. **Tumband laufen:** Fahrradfelge, die mit einem Stock vorwärts bewegt wird
11. **Mäuse klingeln:** Heimliches Klingeln an der Haustür, um Nachbarn zu ärgern

12 **Schlapp hat den Hut verloren:** Gesellschaftliches Reaktionsspiel mit mehreren Personen

13 **Ringlein, Ringlein du mußt wandern:** Singspiel, wobei der Ring gefunden werden muß, der in jeder Hand verborgen sein könnte

14 **Scharade:** Spiel mit pantomimischer Darstellung

15 **Blasebalg:** Gerät zur Erzeugung eines Luftstromes

16 **Petticoat:** Bauschig, weiter Unterrock aus versteiften Perlon und Nylonstoff, die meistens unter Tanzkleider getragen wurden

17 **Hornreifen:** Material aus Horn (heute Plastik), ein ca. 2 cm breiter, zerbrechlicher Reifen, der in den Rocksaum oder Petticouts eingenäht wurde, damit diese weit abstanden.

18 **Toupieren:** Mit dieser Technik wurde den Haaren mehr Volumen, Größe und Haltbarkeit gegeben

19 **Auf Schusters Rappen:** Zu Fuß gehen

20 **Frontalunterricht:** Lehrervortrag ohne Gruppenarbeit

21 **Schiefertafel + Griffel:** Gerahmte Schreibtafel aus dem Material Schiefer mit Schiefergriffel (Bleistiftähnlich) zum Schreiben und Wasserschwamm zum löschen des Geschriebenen

22 **Bubikopf:** Kurzer, jungenhafter Haarschnitt

23 **Kopfnuss:** Manchmal als Strafe angewendet: Schmerzhafter Knuff der Kopfhaut mit dem Fingerknöchel am Hinterkopf gegen den Haarstrich

KURZVITA

Annelie Buddenbohm wurde am 23. Januar 1943 in Atter bei Osnabrück geboren. Sie ist verheiratet und hat zwei Kinder.

Sie war mehr als 40 Jahre im Kindergarten tätig, davon 25 Jahre in leitender Position.

In dieser Zeit erschien in Fachzeitschriften (von Erzieher für Erzieher Februar 1999) und KITA (8. Jahrgang, April 2000) ein Märchenprojekt von ihr, das überregionale Beachtung fand.

2002 schrieb sie eine Kindergartenchronik für ihre Kirchengemeinde,

2009 und 2014 übernahm der Rowohlt-Verlag in seinem neu erschienenem Buch: "Weihnachten für Kinder", jeweils ein Weihnachtsmärchen von ihr.

2010 wurde von ihr zum Thema: „Künstler und Kinder auf Schloss Königsbrück" im Heimat – Jahrbuch Osnabrücker Land ein Beitrag veröffentlicht.

Der Verlag Books on Demand GmbH hat von Annelie Buddenbohm bereits mehrere Märchenbücher herausgebracht:

Band 1:
KOMM MIT INS MÄRCHENLAND (2007)
ISBN: 978-3-8334-8188-8

Band 2:
KOMM MIT INS MÄRCHENLAND
- Schwedische Märchen - (2008)
ISBN:13: 978-3-8370-6864-1

Band 3:
KOMM MIT INS MÄRCHENLAND (2010)
ISBN: 978-3-8423-2896-9

Band 4:
KOMM MIT INS MÄRCHENLAND (2013)
ISBN: 978-3-7322-8446-7

Band 1, 3 & 4 sind auch als E-Book erhältlich.

2009 und 2014 wurde jeweils eine Geschichte im Rowohlt Verlag veröffentlicht.